Gallimard Jeunesse / Giboulées sous la direction de Colline Faure-Poirée

© Éditions Gallimard, 1995
Premier dépôt légal : novembre 1995
Dépôt légal : avril 2007
Numéro d'édition : 151880
ISBN : 978-2-07-058778-0
Loi n°49956 du 16 juillet 1949
sur les publications destinées à la jeunesse
Imprimé et relié en France par Qualibris/Kapp

Carole la Luciole

Antoon Krings

GALLIMARD JEUNESSE / **GiBOULÉES**

Pendant que les habitants du jardin dormaient, Carole la luciole se levait. Elle sautait de son lit, passait une petite robe, enfilait des souliers vernis et, avant de s'envoler, posait sur sa tête un chapeau pointu.

Car Carole était une sorte de fée qui aimait les « pique-nuits ». Vous vous demandez sûrement à quoi peut bien ressembler un « pique-nuit ». Eh bien, c'est exactement comme un pique-nique, seulement, il se passe la nuit et en l'air plutôt que sur l'herbe.

– Voyons voir… dit Carole à ses amis.
Il nous faut une table,
des chaises, ça sera quand même
plus confortable là-haut… une nappe
blanche et de la vaisselle.
– Mais aucune de ces choses ne vole!
Et où les trouverons-nous? s'écrièrent
les papillons de nuit.
– Et la magie? Qu'en faites-vous,
les amis? répondit Carole.

Ding-dong, dong-ding!
C'est ainsi que sonnait la sonnette de
Mireille et c'est ainsi qu'elle sonna
en pleine nuit.

Une petite abeille à demi endormie ouvrit enfin la porte et dit en bâillant:
– Quelle heure est-il?
– Minuit, l'heure du crime! répondit Carole en agitant sa baguette magique.
– Alors, dit Mireille en bâillant une nouvelle fois, si c'est l'heure du crime, c'est encore une très bonne heure pour aller se recoucher.

À peine venait-elle de dire cela que tout dans sa maison se mit à voler : les chaises, puis la table, les pots de miel aussi, enfin tout ce qui ne volait pas d'habitude volait, en dehors de chez Mireille qui essayait de retenir quelques objets au passage.

Un instant plus tard, Siméon
le papillon et Léon le bourdon vinrent
frapper à la porte de Mireille pour la
même raison : la vaisselle envolée,
la nappe blanche envolée…

Ils décidèrent de partir tous ensemble
à la recherche de la luciole dans
la ferme intention de récupérer leurs
biens. Ils firent le tour du jardin dans
un sens puis dans un autre sens,
jusqu'au moment où Léon leva la tête
au ciel.

Sur un nuage, assis autour de la table de Mireille, Carole dînait en compagnie de ses amis. «Ah ah! La fête est finie!» s'écrièrent l'abeille, le bourdon et le papillon en battant des ailes furieusement.

«Allons, ne soyez pas fâchés. Venez plutôt vous amuser!» insista Carole. Et comme il restait quelques chaises libres, ils prirent place sans rien dire, mais dans leurs petites têtes d'insecte, ils se demandaient si tout cela était bien raisonnable.

Quand nos trois compères,
qui s'étaient endormis à table,
s'éveillèrent, ils découvrirent que tous
étaient partis en laissant la vaisselle
sale, et ils se mirent très en colère.
Mais les colères d'insecte sont comme
les nuages : elles passent. Ils allèrent
donc se recoucher pendant que
la table, les chaises, les pots de miel
vides retournèrent à leur place.

Maintenant que vous savez à quel genre de fée appartiennent les lucioles, prenez garde qu'elles ne viennent pas la nuit dans votre chambre pour y prendre vos petites affaires!